DIE LUSTIGSTEN ALPAKAS DER WELT

W0418041

riva

Das Alpaka ist eine kleine, gezüchtete Kamelart, die zur Klasse der Neuweltkameliden zählt. Es stammt ursprünglich aus den südamerikanischen Ländern Bolivien, Peru und Chile. Heutzutage wird es auch im europäischen Raum gezüchtet. Die Ur- oder Wildform des Alpakas ist das Vikunja. Es gibt zwei verschiedene Typen von Alpakas, das Huacaya und das Suri. Sie unterscheiden sich durch ihre Wollstruktur, Vlies genannt. Das Vlies des Huacaya ist kürzer und gekräuselt, wodurch es voluminöser wirkt. Das Vlies des Suri ist lang und glatter. Alpakas werden wegen ihrer Wolle gezüchtet.

Name: Alpaka

Lateinischer Name: Vicugna pacos

Klasse: Säugetiere, Paarhufer

Familie: Kamele

Lebenserwartung: 20–25 Jahre

Körpergröße: bis zu 1 m

Gewicht: 50–70 kg, Hengste bis 80 kg

Nahrung: Gras, Heu

Verbreitung: Südamerika

Geschlechtsreife: zwischen 18 Monaten und 3 Jahren

Tragzeit: 310–345 Tage

Wurf: ein Jungtier

Sozialverhalten: Herdentier

Charakteristische Merkmale:
Alpakas sind sehr soziale und sanfte Tiere. Sie leben in Herden, die von einem Alphamännchen angeführt werden. Jedes Alpaka hat seinen eigenen Charakter. Sie pflegen eine gemütliche Fortbewegungsweise. Am wohlsten fühlen sie sich, wenn sie in gemächlicher Geschwindigkeit traben können. Wenn Gefahr droht, stoßen sie einen Warnpfiff aus und beobachten die Situation. Nur wenn sie die Situation als wirklich gefährlich einschätzen, flüchten sie.

Lamas und Alpakas werden oft verwechselt. Man kann die beiden Tiere am besten an ihren Ohren unterscheiden. Die Ohren des Alpakas sind relativ kurz, gerade und spitz zulaufend. Die Ohren des Lamas hingegen sind gebogen und werden deshalb auch als »Bananenohren« bezeichnet.

Ich will nicht zum Zahnarzt!

Alpakas haben eine Lebenserwartung von 20 bis 25 Jahren.

Das Gebiss des Alpakas besteht aus vier unteren Schneidezähnen, der oberen Kauplatte und Backenzähnen.

White Beauty.

Alpakas werden im ausgewachsenen Zustand bis zu einen Meter groß. Gemessen wird die Schulterhöhe. Bis zum Kopf gemessen, werden sie bis zu 1,50 Meter groß.

Höhöhöhö ...

Ist das
hier der
Auslöser?

Alpakas nutzen immer wieder denselben Ort, um ihre Notdurft zu verrichten. Sie benutzen also eine Art Toilette.

Komm knutschen!

Partyalarm!

Man trägt jetzt Bart.

Alpakas stammen ursprünglich aus den Anden Südamerikas, den Ländern Chile, Peru und Bolivien.

Die Spucke der Alpakas kommt direkt aus dem Magen und besteht aus halb verdautem Gras.

Iiih, das hast du
wirklich getan?

Lieber den Kopf ins Gras – ich hab' keine Lust heute.

Figaro, Figarooo ...

Alpakas sind gemütliche Tiere. Sie bewegen sich lieber langsam fort. Werden sie gezogen, reagieren sie störrisch.

Malle is' nur einmal im Jahr!

Harald, das war
doch einer zu viel …

Die Schneidezähne können nachwachsen und sollten sich sogar durch härtere Grasarten oder Rinde abnutzen, da sie sonst zu lang werden.

Da hilft nur
noch Gras.

Bist du schon da?

Alpakas sind sehr friedliche und sanfte Tiere. Sie werden nur selten aggressiv und ihr Unmut, der sich auch durch Spucken äußern kann, richtet sich im Allgemeinen gegen Rivalen, um ihre Position zu behaupten, und nur selten gegen Menschen.

Eine Alpakastute kann in ihrem Leben bis zu 15 Fohlen zur Welt bringen.

Alpakas werden wegen ihrer Wolle gezüchtet. Bei den Inka war ein Alpakamantel ein Zeichen des Wohlstandes und wurde auch das »Vlies der Götter« genannt.

Scheiße! Was für
eine Riesenscheiße!

Das Alpaka hat den charakteristischen Körperbau des Kamels: langgestreckte, schlanke Beine, relativ langer Hals und ein kleiner, dreieckiger Kopf. Im Gegensatz zu Kamelen haben sie keinen Höcker.

Mama sagt, das kommt
vom vielen Fernsehen.

Lange Zeit glaubte man, dass das Guanako der gemeinsame Vorfahr von Alpaka und Lama sei. Durch eine DNA-Untersuchung wurde allerdings nachgewiesen, dass das Alpaka vom Vikunja abstammt.

Nach der Geburt eines Fohlens kümmern sich oft auch andere Stuten um das Neugeborene. Sie stupsen es an, ziehen daran oder knabbern ein bisschen, um es aufzuwecken. Innerhalb von ein paar Stunden kann das Jungtier bereits laufen.

Alpakastuten können das ganze Jahr über erfolgreich gedeckt werden und sind nicht an eine bestimmte Jahreszeit gebunden.

»Die Karawane zieht weiter.«

Heutzutage wird das Alpaka auch in Europa gezüchtet. Durch seine ursprüngliche Nähe zu den Anden ist es auch an kälteres Klima gut angepasst.

Es gibt etwa 60 verschiedene Farben des Alpakafells. Am häufigsten sind Braun-, Weiß-, Beige- oder Schwarztöne.

Ey yo, was geht ab?

Und wann gehen wir auf die 70er-Party?

Die Gemütslage eines Alpakas lässt sich an der Stellung seiner Ohren erkennen: Ist es neugierig, stehen seine Ohren aufrecht, ist das Tier entspannt, liegen sie locker nach hinten. Bei straff angelegten Ohren ist Vorsicht geboten: In ihrer Abwehrhaltung sind Alpakas auch zum Spucken bereit.

Es gibt zwei verschiedene Arten von Alpakas: das Suri und das Huacaya. Sie unterscheiden sich durch die Fasereigenschaften ihrer Wolle. Das Suri-Vlies wirkt glatter als das Huacaya-Vlies, da es weniger Kräuselungen aufweist. Das Vlies besteht aus feineren, gelockten Strähnen. Huacaya-Alpakas wirken durch ihre typische Kräuselung im Vlies breiter als Suri-Alpakas.

»Love me tender,
love me sweet,
never let me go ...«

Waaas? Schon wieder Montag?!

Ich bin ein Hase!
Hast du Möhrchen?

Meins! Meins! Meins!

Ich hab' die Haare schön!

Das Fohlen wird sechs bis acht Monate von der Mutter gesäugt und erreicht mit anderthalb bis drei Jahren die Geschlechtsreife.

Alpakahengste haben zusätzlich zu den unteren Schneidezähnen und den Backenzähnen sehr spitze Kampfzähne. Die Kampfzähne dienen in erster Linie der eigenen Verteidigung. Bei Rivalitäten beißen sie dem Gegner am liebsten in die Füße.

Crazy little
Partygirl!

Alpakas haben unter ihren Hufen dicke und weiche Sohlen, die es ihnen erlauben, sich auch auf unebenem oder unwegsamem Untergrund sicher zu bewegen.

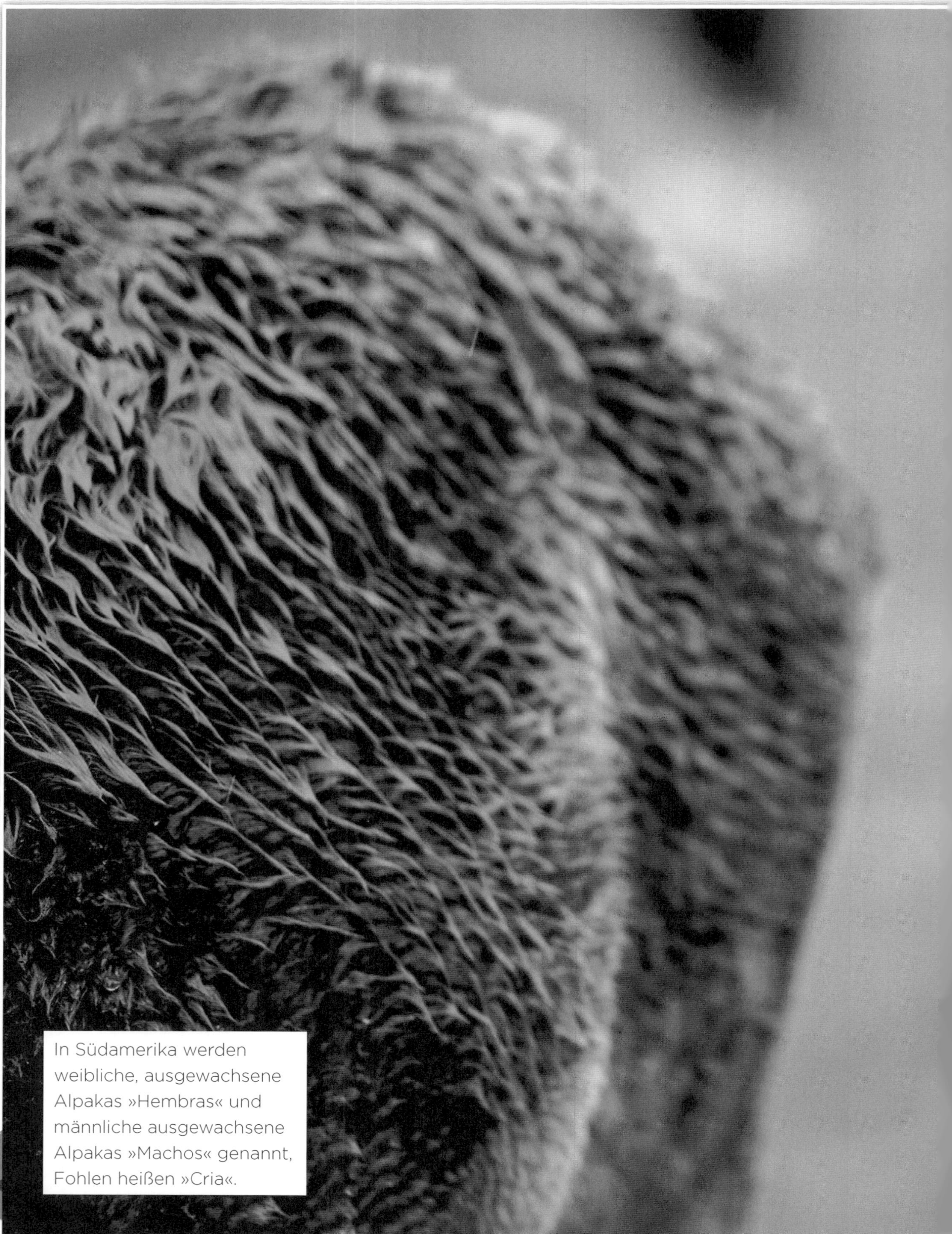

In Südamerika werden weibliche, ausgewachsene Alpakas »Hembras« und männliche ausgewachsene Alpakas »Machos« genannt, Fohlen heißen »Cria«.

Zeig mir deine
Schokoladenseite.

Die Tragzeit einer Alpakastute beträgt 310 bis 345 Tage. Der Wurf besteht in der Regel aus einem Jungtier.

Weibliche Tiere wiegen circa 55 bis 65 Kilogramm, männliche Tiere können bis zu 80 Kilogramm schwer werden.

Lass uns spielen!

Alter, du stinkst!

Alpakas müssen in der Regel einmal im Jahr geschoren werden. Der Ertrag der Wolle liegt bei drei bis sechs Kilogramm.

Alpakas sind sehr soziale Tiere. In Gruppen fühlen sie sich am wohlsten und sollten deswegen auch nicht einzeln gehalten werden.

Als die Spanier Südamerika eroberten, brachten sie Schafherden mit. Die Alpakazucht wurde vernachlässigt, wodurch Alpakas beinahe ausstarben. Mit der Unabhängigkeit der Staaten Südamerikas wurde auch die Zucht wieder aufgenommen.

Alpakas haben normalerweise dunkle Augen. Blaue Augen weisen auf einen Gendefekt hin.

Die unteren Schneidezähne helfen dem Alpaka beim Abrupfen der Gräser. Sie zermalmen sie mithilfe der oberen Kauplatte.

Ich kann
auch
böse
schauen.

Alpakas sind Vegetarier. Sie ernähren sich hauptsächlich von Gras, im Winter von Heu.

Is' was?

Genau wie Kamele sind auch Alpakas Wiederkäuer. Ihr Magen ist dreiteilig, so wird die Verdauung der Pflanzenkost erleichtert.

Also Ladys, ich
würd' mal sagen,
da müsst ihr euch
hinten anstellen ...

Bibliografische Information der Deutschen Nationalbibliothek

Die Deutsche Nationalbibliothek verzeichnet diese Publikation in der Deutschen Nationalbibliografie. Detaillierte bibliografische Daten sind im Internet über http://dnb.d-nb.de abrufbar.

Für Fragen und Anregungen:
info@rivaverlag.de

Originalausgabe
1. Auflage 2019
© 2019 by riva Verlag, ein Imprint der Münchner Verlagsgruppe GmbH,
Nymphenburger Straße 86
D-80636 München
Tel.: 089 651285-0
Fax: 089 652096

Bildnachweis: S. 2/3: Shino Iwamura/shutterstock.com; S. 4/5: irakite/shutterstock.com; S. 6: Christian Vinces/ shutterstock.com; S. 7: Artur_eM/ shutterstock.com; S. 8/9, 10, 88: Rob D - Photographer/ shutterstock.com; S. 11: Max4e Photo/shutterstock.com; S. 12/13: Puripat Lertpunyaroj/shutterstock. com; S. 14: Bildagentur Zoonar GmbH/shutterstock.com; S. 15: Rachel Goad/shutterstock.com; S. 16/17: Ai2myyy/shutterstock.com; S. 18: KariDesign/shutterstock.com; S. 19, 20/21: bowii/shutterstock.com; S. 22/23: Fraukje Vonk Photography/shutterstock.com; S. 24/25: PONGWIT.R/shutterstock.com; S. 26: Flotsam/shutterstock.com; S. 27: Barna Tanko/shutterstock.com; S. 28/29, 100/101: Aris Suwanmalee/ shutterstock.com; S. 30: terekhov igor/shutterstock.com; S. 31: poganyen/shutterstock.com; S. 32/33, 62/63: fotobook/shutterstock.com; S. 34: julia uvarov/shutterstock.com; S. 35: Bene_A/shutterstock. com; S. 36/37: Ondrej Chvatal/shutterstock.com; S. 38/39, 51, 83: Milosz_G/shutterstock.com; S. 40/41: Canna Obscura/shutterstock.com; S. 42/43: Anna Rebecka Lindberg/shutterstock.com; S. 44/45: Lucie F/ shutterstock.com; S. 46/47: scooperdigital/shutterstock.com; S. 48/49: colacat/shutterstock.com; S. 50: Eric Krouse/shutterstock.com; S. 52/53, 90: Manamana/shutterstock.com; S. 54/55, 76/77, 95: stockphoto mania/shutterstock.com; S. 56/57: Rawpixel.com/shutterstock.com; S. 58/59: Copula/shutterstock.com; S. 60/61: sunsinger/shutterstock.com; S. 64/65: Raluephoto/shutterstock.com; S. 66/67, 86: Manatchon/ shutterstock.com; S. 68/69: sleepyhead photos/shutterstock.com; S. 70/71: Pavel Svoboda Photography/ shutterstock.com; S. 72/73: Dr.Pan/shutterstock.com; S. 74: Rachel Moon/shutterstock.com; S. 75: Ramona Edwards/shutterstock.com; S. 78: Kellen Slight/shutterstock.com; S. 89: sinagrafie/shutterstock.com; S. 79: Rhys Mitchell/shutterstock.com; S. 80/81, 91: Ramona Edwards/shutterstock.com; S. 82: Hanjo Hellmann/ shutterstock.com; S. 84/85: Pakhnyushchy/shutterstock.com; S. 87: marzia franceschini/shutterstock.com; S. 92/93: Anastasiia Tymoshenko/shutterstock.com; S. 94: Pavinee Chareonpanich/shutterstock.com; S. 96/97: hans engbers/shutterstock.com; S. 98/99: cherry-hai/shutterstock.com; S. 102/103: Dieter Hawlan/ shutterstock.com; S. 104/105: tgladkova/shutterstock.com; S. 106: schubbel/shutterstock.com; S. 107: Parkol/shutterstock.com; S. 108/109: jurb/shutterstock.com; S. 110/111: suparat wanpen/shutterstock.com

Alle Rechte, insbesondere das Recht der Vervielfältigung und Verbreitung sowie der Übersetzung, vorbehalten. Kein Teil des Werkes darf in irgendeiner Form (durch Fotokopie, Mikrofilm oder ein anderes Verfahren) ohne schriftliche Genehmigung des Verlages reproduziert oder unter Verwendung elektronischer Systeme gespeichert, verarbeitet, vervielfältigt oder verbreitet werden.

Umschlagabbildung: fotobook/shutterstock.com; Pavinee Chareonpanich/shutterstock.com;
Christian Vinces/shutterstock.com
Umschlaggestaltung: Pamela Machleidt, München
Satz: Marc-Torben Fischer
Printed in Germany

ISBN Print: 978-3-7423-0908-2

Weitere Informationen zum Verlag finden Sie unter

www.rivaverlag.de

Beachten Sie auch unsere weiteren Verlage unter www.m-vg.de

Printed in Poland
by Amazon Fulfillment
Poland Sp. z o.o., Wrocław

79316197R00068